À Denise,
pour tout son soutien

Texte traduit de l'anglais par Élisabeth Duval

Titre de l'ouvrage original : INTO THE FOREST
Éditeur original : Walker Books Limited
© 2004 Anthony Browne
Published by arrangement with
Walker Books Limited, London SE11 5HJ
Tous droits réservés
Pour la traduction française : © 2004Kaléidoscope,
11, rue de Sèvres, 75006 Paris, France
Loi n° 49.956 du 16 juillet 1949 sur les publications
destinées à la jeunesse : septembre 2004
Dépôt légal : septembre 2004
Imprimé en Chine

Diffusion l'école des loisirs

Anthony Browne

Dans la forêt profonde

Reviens Papa.

kaléidoscope

HOMMAGE DE L'ÉDITEUR

Une nuit, j'ai été réveillé par un bruit épouvantable.

Le lendemain matin,
la maison était toute calme.
Papa n'était pas là.
J'ai demandé à Maman
quand il rentrerait,
mais elle n'avait pas
l'air de savoir.

Papa me manquait.

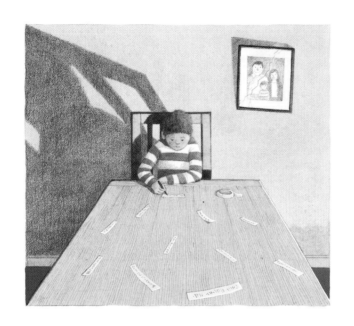

Le jour qui suivit, Maman m'a demandé de porter un gâteau
à Mamie, qui était souffrante. J'adore Mamie. Elle me raconte
des histoires tellement géniales.

Il y a deux façons d'aller chez Mamie : par la longue route
qui contourne la forêt, et ça prend des siècles,
ou en traversant la forêt.

"Surtout, tu passes bien par la route, me dit Maman.
Tu ne coupes pas par la forêt."

Mais ce jour-là,
pour la première fois,
je choisis le chemin le plus rapide.
Je voulais être à la maison
quand Papa rentrerait.

Je rencontrai bientôt un petit garçon.

"Veux-tu acheter une jolie vache qui donne du lolo ?" demanda-t-il.

Je répondis : "Non." (Que ferais-je d'une vache ?)

"Je te l'échange contre le délicieux gâteau aux fruits confits

qui est dans ton panier", insista-t-il.

"Non, c'est pour ma grand-mère malade",

lui dis-je en reprenant ma marche.

Je l'entendis qui répétait : "*Je* suis malade, *je* suis malade…"

Tandis que je m'enfonçais dans la forêt, je rencontrai
une fillette aux cheveux d'or.

"Quel adorable petit panier, dit-elle. Que contient-il ?"

"Un gâteau pour ma grand-mère, elle est malade."

"*Je* voudrais bien un joli gâteau comme celui-là", dit-elle.

Je poursuivis mon chemin et je l'entendis qui disait :

"Mais c'est un si joli petit gâteau,

moi, j'en voudrais bien un comme celui-là…"

La forêt devenait de plus en plus
sombre et froide ; j'aperçus
deux autres enfants blottis près
d'un feu.
"As-tu rencontré notre Papa
et notre Maman ?"
demanda le garçon.
"Non, vous les avez perdus ?"
"Ils sont en train de couper du bois
quelque part dans la forêt, mais
 j'aimerais bien qu'ils reviennent."
Je poursuivis mon chemin.

Les sanglots de la petite fille
étaient vraiment déchirants,
mais je ne pouvais rien faire.

Je commençais à avoir vraiment très froid et je regrettais d'être
parti sans manteau. Tout à coup, j'en vis un. Il était beau
et chaud, mais à peine l'avais-je enfilé que la peur me gagna.
Je sentis que j'étais suivi. Je me souvins de l'histoire
du méchant loup que Mamie me racontait souvent. Je me mis
à courir sans réfléchir, je courus sans savoir où j'allais,
m'enfonçant de plus en plus profondément dans la forêt.
J'étais perdu. Où se trouvait la maison de Mamie ?

Je l'aperçus enfin !

Je frappai à la porte et une voix demanda : "Qui est là ?"

Mais je ne reconnus pas la voix de ma mamie.

"C'est moi, je t'apporte un gâteau de la part de Maman."

Je poussai doucement la porte.

"Approche, mon chéri", poursuivit la voix bizarre.

J'étais terrorisé. J'entrai lentement dans la maison.

Et là, dans le lit de Mamie, il y avait…

… Mamie !

"Viens ici, mon amour, dit-elle en reniflant. Comment vas-tu ?"

"Bien, répondis-je. Je vais bien maintenant."

Puis j'entendis du bruit derrière moi et je me retournai…

PAPA !

Je leur racontai ce qui m'était arrivé. Nous avons tous bu
une boisson chaude et mangé deux parts du délicieux gâteau
de Maman. Puis on a dit au revoir à Mamie qui se sentait déjà
beaucoup mieux.

Nous sommes arrivés devant notre maison et j'ai poussé la porte.
"Qui est là ?" a demandé une voix.
Nous avons répondu : "Rien que nous deux."

Et Maman est apparue, elle souriait.